JN241798

時鳥《ホトトギス》啼く

坂本久刀詩集
Sakamoto Hisato

澪標

序詩

光がつきささる
枯木立
心音が聞こえ
沈潜した美を湛えている

◆目次

Ⅰ　時鳥《ホトトギス》啼く

II　オホーツクの村

Ⅲ　枯蓮

装丁　森本良成
装画　坂本和子

I

時鳥《ホトトギス》啼く

時鳥啼く

キョキョキョ　キョキョキョ
一人寝の山小屋
朝の山気
山々も目覚める
直下の農業用水ダム湖
湖光は徐々に力をつけて
豁然たる
眺望となる

退職して
荒地を野菜畑にする

初めての夏
万葉集で
一番多く詠まれている鳥に
出会った
ここは
鶯の里と呼ばれ
鳥の托卵を育てた
夏鶯も来て鳴く

キョキョキョ　キョキョ
聴きながらの畑仕事

山雨急にして鳥ははげしく
「元気に」と
一声を湖の上に落として去った
ぼんやり星荒き空を見る

鳥の声・姿を恋い慕う
万葉人の心を

にくらしい愛の巣

家から離れた
山畑のキャベツは
紋白蝶の遊び場
柔らかい葉は
幼虫に
食べられていた
慌ててネットをかけた

体調を崩して
雑草が目立つ晩夏だ
ネットの中に

群れている紋白蝶
成長しているはずのキャベツは
固い茎のみの無残な姿
あの時すでに
愛の巣だったのだ
ネットを外して後始末
何度も追い払うが離れたがらず
ひらひらとすぐに戻って来る
執拗さに腹が立ち
棒を振り回すが当たらない
ふと足元を見ると一匹が
真っ白な羽を重ねて
死んでいた

野菜畑がなかったら
飛び交う

清楚な姿を
愛でていただろう
生きることは
他の生き物を傷めること
ごめんなさい

木喰仏

山里の小さな毘沙門堂
七体の木喰仏の立像が並ぶ
満面に懐の深い笑みを湛えて
二百年余を生きる
魂の微笑仏だ
外は風のささやき
緑の木々も微笑んでいる
心は琴線に触れる

江戸時代の遊行僧　木
喰明満上人は六十歳か

ら全国を巡り千体の微
笑仏像を奉納す　この
里には九十歳頃に滞在
し二十六体の彫像を残
す　五穀や肉を絶って
火食せず　木の実や山
菜そば粉を常食　救い
を求める周りの人々が
木材や食料を提供した

上人の一途な夢・愛の挑戦で
魂が生きて
新しい道を切り開いた
しんとしているこの深さ
「微笑みながら
生きて行こう」と木喰仏

楽しさを思い浮かべ
目は細めている

春哀し

辛夷咲く
裏六甲の里がほぐれる
青空がもどって
チラチラとキラキラ
風のなかの真珠光

高台のお寺の坂道
芳香のある白、六弁花が開いて
一陣の風で二つ三つ散った
親しい禅僧有願の死を知り
尋ねる途中の桃林での

良寛の詩が浮かぶ

芳草連天春将暮　（芳草天に連なり　春將に暮れむとす）
桃花亂點水悠々　（桃花乱点として　水悠々たり）
吾亦従來忘機者　（吾も亦　従来機を忘ずる者）
悩亂風光殊未休　（風光に悩乱して　殊に未だ休せず）

春哀し
鬼籍ばかり
知己を殖やして
声明の澄みゆく所の
雲を見ている

桜守

朝日の矢を浴びる初桜
山腹の花の道を巡る
心のときめきが治まらず
声をかけると
老い桜に夢も希望も住んでいる
漲る気を貰い命が新たとなる
花に鳥声人語の
わが良き日よ

一月の
桜守ボランティア自治会で

五百本に接する
草取り　肥料　切口の手当て
剪定は声をかけて貰う
先人の仕組みの良さが生きている
一本の枯れ木が倒された
後悔と惜しむ気持ちが湧き
わが残世を思う

緻密な碧空に
淡紅の老い桜
咲くも散るも一気
着地を目指している
遅れて咲く八重桜は
宵化粧にいそしむ
桜という
まぶしいもの

枯木立

葉が
舞い落ち
枯れた
落葉樹林
踏めば
乾燥した空気の中
ほきほき
小気味よい音
もたれてくる枯木には
温みがある
春には小鳥が囀る木に変わる

希望を持って
地中で準備に余念がない
風止んで
影が正しくなる
人生は
いつもこれからだよ
光がつきささり
枯淡な味わいの
枯木立の
声だ

紫陽花池

毎週　人工透析受診中の
山好きの先輩と
雨がパラパラ降り出す摩耶登山
木陰に点在する花の滴りは碧く
暗さを背負う花明りで
息を整え　疲れを癒す
山上は霧雨
「思い出を残す生き方をしたい」の声
同感
道端の花も藍を深めている
この一帯は天上寺の霊域だ

片側から急斜面の繁った小径に入る
着実に降りて行く後を追うと
深い霧に包まれた池が現れた
「静寂に坐る紫陽花浄土だ」と
明るい声
やがて霽れてきた
群落の大毬が
深く垂れて
影を水面に浮かべている
私達は
池に見入った

夏の二上山

日々自宅から
遠望する二上山
若き前途有望な大津皇子の
休まらぬ魂がある
姉の大来皇女の
「うつそみの人なる我《われ》や
明日よりは二上山《ふたがみやま》を
弟《いろせ》と我《あ》が見む」
の歌は一二〇〇年後の
今でも悲しい

蟬声の沁みやすき山頂
若き心と熱き思いを
蘇らせてくれる
悲劇の皇子の墓前に立つ
飛鳥から遠く葬られて
寂しかっただろう
仰向けになって死んでいる蟬の
手足が泣いているようだ

「あしひきの山のしづくに妹《いも》待つと
　我立ち濡れぬ山のしづくに」
恋人の石川郎女へ寄せる皇子の
清純な慕情の歌を改めて手向けた
おおらかな輝きの中
黒揚羽がひとつ舞っている
大和時代より未来に向けて

まっすぐに降り続いている蟬時雨は
愛の賛歌に変わっていた
声が止んだ
日が暮れてきた

若さについて

亡き恩師の
九歳年上の歌人の奥さんから
数年前久しぶりに電話で
近況を問われ
「満八十歳になりました
趣味の詩を作れず苦しんでいます」
「出発点ですね。これからですね」
「死」も身近と思う私は
一瞬驚いた

三十年前

七十三歳の現職の先生と散歩した
「君は何歳」と尋ねられ
「四十五歳です」
「春秋に富んでいるね」
あと十五年すれば
定年なのに
なぜ　と思いながら黙っていた

六十歳過ぎてから
自分より十歳以上の年下の方は
みんな若くて可能性を秘めていると
思うようになった
句会に参加して
白寿の先生と話すと
いつのまにか
私は

元気な
若者になっている

Ⅱ　オホーツクの村

林檎を剝く

オホーツク沿岸の
生活厳しい屯田村に育つ
林檎農家が数軒あった
新制中学生になると
千本近くある
友人宅の林檎畑で
袋掛けのアルバイト
空が澄めば林檎が耀く
満身に熟れた林檎を
さげている一樹
友と捥いで丸かじり

甘酸っぱい味に
安らぎを得て
高校進学を心に決めた

関西人となり半世紀
故郷の林檎農家は
みな消えた
かじりながら
進学を
語り合った友もいない
青き昭和は
すでに昔の夢
林檎を剝く
香りの
扉を開く

福寿草

春の到来を信じて
雪が残る寒気の中に芽を出し
ほつほつと咲かせる
黄金色の花
日輪の中の顔は
風を浴びて火照っている
可憐に咲く慎ましい瞳
怒濤の響く屯田村で
養子で育つ私
同じ光を受け
花風を浴び

微笑をもらった

成人後に移住した関西
篠山の山間部に行く
残り雪の隙間の
地面から宙がはじまった
まるい花が寄り添って
冴え返った空に
微笑んでいる

今朝はしおらしき誠の花
眺めていると
人生を深くする
やがて　穏やかに
一つずつ綻び
錆びていく

鵯の瞳

秋の早朝
騒がしい音に
山のわが家の雨戸を開けた
鵯の大群が
前の山より波状形に
叫びながら飛んできた
電線や木々に
止まりながら
朝日が射す中で鳴き騒ぐ
あっという間に
飛び立つ

遠くを夢みて
わが家の屋根を越え
群れは空にすぼんでいく
鶫の道
鳴門海峡は隼の攻撃を避けて
低く飛んでいくんだよ
瞳を一瞬見た気がした
私も
幼い日の故郷に飛び立ちたい
光が溢れる
静寂の庭を歩く

柿

篠山の山畑の柿の木
しみじみと日を吸う
畑仕事のあと
透きとおった柿を食う
日暮が近づき
遠き日の記憶が甦る

三歳の時
北海沿岸の
魚屋の養子になる
戦後まもない中学生の頃

店頭に果物も
並ぶようになった
売れ残りの熟柿を啜ると
食い終るまで幸福を感じた

成人して
関西に転勤
本州に入ると
車窓に熟柿の明るさ
生れた徳島に行く
実家の門の側に
井戸と
一樹が満身で柿をさげていた

養父母も実父母も義兄義姉も
みんな　もういない

渋柿はいたく日の照る
ベランダに吊るす
柿はほっこりと
まだまだ生きる口へ

晩年

篠山の青田風のなか
午後の空白に
白い蝶が飛びこむ

ふと
想うことが
小さくなっていく

若き日の故郷
北の海の
夏怒濤が現れる

手間暇かけて
土と
生きていこう

心の歩みは
海岸の
草の花

生きる弾み

温泉の
広い湯ぶねに入る
癒す湯は絶え間なく
入ってきて
人の動きと共に
美しいリズムで溢れ出る
生きる弾みを見て
桜巡りと重なった

武庫川堤防沿いの
桜回廊ウォークに参加

大勢の人声のひびく明るい朝
花のうねりの下を
友人や家族連れの人肌の光が続く
花の重さ
確かさは宙にあり
その音符で
心身に弾みがつき
健脚コースを
完歩した

一人旅はどこへ行こう
ハマナスを吹く
北海の風は甘い
遠き日の故郷を
たぐり寄せる
生きる弾みを求めて

湯ぶねを離れた
ゆっくりと

蕗味噌

春の篠山の畑に
北海道産の
ジャガイモを植えに行く
一隅に若緑の蕗の薹が
顔を出している
花の開かぬうちにと
摘み採って帰る

屯田村に育った私
高校の夏休みに
友と二人で知床へ徒歩旅行

斜里駅から車道はなく
海岸路のウトロを越えて岩尾別へ
小さい分校の
宿直の若い先生が泊めてくれた
近くの川は鮭が集団で遡上している
朝のおかずのヤマメは
短時間に釣れた
焼き物と揚げ物にして
蕗味噌と共に腹一杯食べた

退職後に山畑ができてから
味わう蕗の薹
天麩羅にすると
ほろ苦い風味と香りが漂い
大きな山蕗の密生や
海鳥の群れが巣くう海蝕崖

明るい先生を想い出す

警鐘

篠山の山小屋
明け方に目を覚ます
カンカンカン
近くの送電線の鉄塔を突く
冷たく温かみのない音
しばらく続く
啄木鳥だと地元の人

ふっと
北方の沿岸で
育った幼き日が甦る

樹木の幹に潜む
昆虫などを捕獲する突きは
山気をふるわせ
白樺の林をおどろかす
筒ぬけの明るさだった

カンカンカン
繁殖期に
枯れ枝を叩いての
巣作りでもない
尖った嘴で
金属を突く音は
人間社会に対しての

真白き夢

篠山の朝風が窓辺に
起きよ　起きよと時鳥
寝床の中で
振り返る年月の嵩
水を飲め　血を薄めよ
寿命は
まだよ　まだよと啼く

外に出る
山気を浴びるなか
風鈴の独り言が

北の大地の
ふるさとを呼ぶ
屯田の碑
知床の滝がこだまして
滝壺は怒濤のオホーツク

山雨が急に来た
時鳥は絶句して去った
畑仕事を中断する
雨の矢が容赦なく降る
山小屋で一人
とめどなき八十路の
真白き夢を
作っている

落葉

六甲のふところは冬の顔
駈けてくる多彩な木の葉風とすれ違う
はらはらと舞い落ち
ひるがえり　横に流れる
肩に散ってくるとあたたかい
名もない小径も明るい道に変わり
踏む足音は山の音
登山は愉しい
ここは私の落葉の名所

山頂に着く

眼下に神戸の街　港　海の大パノラマ
紅葉の木々が私語を交わしてる
「もうじきお別れね」
「折角好みの色で粧ったのに」
「やり残した事もないし楽しかった」
「朝日や夕日　大きな虹　小鳥の歌声もね」
「解放感の日々だったよ」
「そうだったね」
しばし会話が途切れた時
一陣の風が吹いてきた

魚屋《ととや》道から有馬温泉へ下る
散り敷いた道から
温泉の匂いがしてきた
足湯に浸かり
まどろめば

遠い北の彼方
多彩と共に　おおらかで
閑寂を誘う
落葉時雨が降り注ぐ

Ⅲ　枯蓮

枯蓮

山麓の古刹
冬枯れの蓮池
折れ曲がった茎が
骨のように
突っ立ち
葉が泥に沈み
実の抜けた花托が
垂れ下がる

夏
楚々とした

淡いピンクの花は
極楽浄土の
象徴花

陽が射す
戦国時代の兵火に会い
近年　再建された
五重塔の陰影
寂寥のうちにも
始まるものの
胎動が
感じられる

湿原

西宮の甲山湿原
大小の柵に囲まれ
寒冷地系と暖地系植物が
共存する生物保護地域
望遠鏡で覗くと
小さな白蝶が舞い
サワシロギク
ホザキノミミカキグサ
サギソウなど
小さい花が
ひそやかに咲いている

コナラの疎林から
地下水が滲出する湿原に
人が安易に入ると
水質が悪化し
自然のバランスが崩れて
生物は生死を分ける
人は保護のため
微妙な自然の摂理と
折り合いを
つけている

適湿　貧栄養で
強い光を受け入れ
栄養が多ければ
みな成長しない

食虫植物の
モウセンゴケもある
舞い込む落ち葉などは
取り除かれている
デリケートな環境の中で
ひたむきな姿を
見せている

観梅

札所寺の
千本の梅山に人声がひびく
その裾に紛れ入る
青空には宝珠金色と
紅梅と白梅
天を突く枝　地を指す枝
幹に洞がある老梅も
懸命に緊密に咲いている
眺めて勇気をもらう
白髪と光りあう白梅に
亡き恩師が浮ぶ

呼気を深くして近寄る

頑固な幹に咲く花は
車椅子の人の微笑を貰い
集う家族に
声をかけられる
和やかな顔になった老人は
ささやいている
花は笑って
邪気を払っている
細道では人々がゆずり合い
下の広場から
琴の音が
聞こえてきた

今年も

梅は凛々
枝はつんつん
私は真っ盛りの
梅の中にいた

紫陽花

山あいの飛鳥路
廃屋の庭に梅雨時の
笑みを湛えている
かつては家族と
笑顔で親しんでいたに違いない
色彩は鮮やかだが
淡い哀愁が漂う

奥には池があり
小さな群落
大毬が重く垂れ

憂愁のかげりを
水面に落としている
静寂で
まさに
紫陽花浄土だ

考える歩となる
争わず
混み合って咲く花
咲きざまを見て
朽ちる日々を思う
余白染めゆく
おのが路

酔芙蓉

大阪平野を一望する
山の住宅街に
華麗な一日花が咲く
朝は白く
昼に薄く紅をさす
夜は紅くなり酔顔に似て
酔って一日の命を
潔く果てる
五弁花は長い間
次々に花を咲かせる
見事な移ろいだ

幼稚園は既に廃園となり
小学校も統合された
こどもが親元を離れていく
住宅の玄関の階段には
手すりが増える
やがてそれを残して
廃屋となる
雑草が生い茂る庭
花の明眸には
憂色が深い

命蘇る

飛鳥川は古代の哀歓を
託されて流れている
甘樫丘に登ると
一望する大和三山や
壬申の乱
密集している万葉集
聞こえてくる
風土に沁みこんだ
さまざまな歌が

礎石に息づく

古代の心を探る
歴史が流れる緩やかな
段丘が広がる
伸びやかな道に励まされ
飛鳥風と
語らいながら歩く
たわわに実った
柿の木がある

蟬の声

早朝に目覚める
今夏初めての
熊蟬の大合唱が
窓から飛びこんできた
「生きて　生き抜け」と
はげしく浴びる床の中
総身に
ほど良きしびれ

毎週ある自治会主催の
「生き生き百歳体操」に行く道

生命感溢れる蟬時雨に
朝の歩幅が伸びる
会館近くの木々の下では
大音声
他の音を圧倒する
おお　幹を見上げる
お腹が小刻みに動いている
短い命を懸命に生きる蟬
わが心魂が漲る

ふと樹下を見る
天と向きあった骸蟬
「命は短い　生死は大事に」と
繰り返していたに違いない
両眼は宝石のようだ
体は少し擦り切れている

鳴き上手
死に上手

群生

今はわずか
かやぶき屋根の材料にする
曾根高原のススキの群生
風の意のまま
根強い生命力の景が
ダイナミックに
動いている

夕日の中
風は黄金色だ
退職後は山小屋を作るので

一緒に山歩きをしようと
言っていた友は
退職寸前に
突然に逝った

孤独を抱くわれ
亡友《とも》が
歩けよと叫ぶ

足が重く
腕まで重いが進む
ささやくのは風の音
ススキの声
生きている
われは生きている
ススキの中

今

蟬時雨の
渓谷に沿って
黙々と登って行く

滝壺の前は
他の音を圧倒している
挑戦で光る滝の白
盛り上がりながら
喜びの水しぶきが落ちてくる
よどみのない生命

一途な仕事　夢　愛
そうあればどんなに幸せか
と、思いながら
生きてきた

滝壺では
目指す新天地を夢見て
水が躍っている
躍るのは今だ
遅くはない
われも思いをこめて

余生

天然の水を
満々と張った田
線路の左右に広がる
水面に都市からの電車が
姿を映して
消えた
田植えを待つ
のどかさの映る郊外だ

農村の過疎化
叫ばれて久しい

未だ若者の農業離れは
続いており
地方の廃田に
ソーラーパネルを見る
ここは
マンションや住宅地にと
移り行く
穏やかな風景の中に
土地を守る人々の
複雑な心境が
見え隠れする

溜息をついて
見上げる青空
水面は薫風裡で
陽が撒かれている

稲穂の国
田の内部に
飛翔する何物かを
秘めている

あとがき

詩を書きたいと思い、大阪文学学校の通信教育で冨上芳秀氏に学び、第一詩集『貂』を出しました。

その後、神戸女子大オープンカレッジの現代詩講座で倉橋健一、たかとう匡子両氏のご指導を頂いております。

詩と向き合うと故郷のオホーツクが蘇ります。そんな時、たかとう先生が出版の背中を押してくださり、十年目にして第二詩集ができることになり、両先生には感謝の一語です。

これからも、できるだけ余分なものは削ぎ落とし、緊張感みなぎる豊潤な作品の高嶺に向かって行けたらと思っています。

出版にあたり「澪標」の松村信人様、装幀の森本良成様にお世話になりました。有難うございました。

令和元年六月吉日

坂本久刀

坂本久刀（さかもと・ひさと）
1935年　徳島市に生まれ
　　　　北海道で育つ
2009年　第一詩集『貂』（詩游社）
兵庫県現代詩協会会員
詩誌「ア・テンポ」同人

現住所
〒665-0877 兵庫県宝塚市中山桜台3丁目9-9

詩集　時鳥《ホトトギス》啼く
二〇一九年七月十日初版第一刷発行

著　者　坂本久刀
発行者　松村信人
発行所　澪　標《みおつくし》
大阪市中央区内平野二―三―十一―二〇二
電話・ファックス（〇六）六九四四―〇八六九
振替　〇〇九七〇―三―七二五〇六
印刷製本・亜細亜印刷株式会社
©2019 Hisato Sakamoto
定価はカバーに表示しています
落丁・乱丁はお取り替えいたします